너와 함께라면
흔들리는 순간조차

사랑이겠지

너와 함께라면
흔들리는 순간조차

사랑이겠지

일러스트 에세이
신기루 감성

비에이블
B.able

Contents

Part 1

너를 시작한
내가 좋다

널 만나려고 10 • 어쩔 줄 모르겠어 12 • 시작
하고 싶어 14 • 너와 하고 싶었다 16 • 나의
하루 18 • 유리와 거울 20 • 나를 건네는 일
22 • 다음엔 내가 먼저 말할게요 24 • 호흡 28
• 같은 마음 30 • 아무것도 32 • 우리의 미
래가 자꾸 그려지는 건 34 • 내가 너에게 더 깊
이 반한 순간 37 • 내 사람이 너라면 40 • 상
상해본 적 있어? 42 • 시작과 끝 44 • 네 표정
이 궁금해 48 • 낮에도 뜨는 달 50 • 이미 알
고 있는 물음과 답 52 • 안녕, 해일 같은 사랑
아 54 • 네가 내 빛이어서 56 • 나는 이미 60
• 너에게 편지를 쓰는 이유 62 • 이래서 네가
좋아 64 • 지금 어디에 있니? 68 • 별을 세는
마음으로 70 • 늘 내가 먼저인 너 72 • 다행이
야 74 • 파도에 부서지는 돌처럼 76

Part 2

언제나 너의 하루
끝에 있을게

사계절, 그리고 80 • 너란 사랑을 배워 82 •
세상을 안았다 84 • 거짓말 86 • 안녕, 그리고
안녕 88 • 너라는 강 92 • 널 읽는 방법 94 •
사랑의 방식 96 • 내가 이렇게 될 줄이야 98 •
너, 나, 우리 100 • 서로가 빛나는 자리 102 •
찾는 이에게 104 • 너에 취하는 시간 106 • 우
리의 사랑이 좀 더 견고해지려면 108 • 여행의
의미 110 • 그 꿈속에서도 112 • 마음의 크기
보다 더 중요한 것 114 • 시들지 않는 봄 118
• 충분한 기록 120 • 마음을 나누는 방법 122
• 너도 그렇지? 124 • 이유 있는 사랑이 있을
까 126 • 네 눈에 날 128 • 낯설지만 좋은 변
화 130 • 너는 여름을, 나는 겨울을 133 • 잠
든 너를 보면서 136 • 기억나요? 138 • 너의
단어 140 • 서로의 온도 142 • 몇 번을 보아도
144 • 아깝지 않은 말 146 • 월요병 149 •
밤과 낮 152 • 너는 쉼, 그리고 숨 154 • 바다
보다는 강과 같은 사랑을 156

Part 3

널 읽었다면
널 잃지 않았을까

없던 버릇 160 • 두 눈에 너를 162 • 적당한
사이 164 • 너를 본다, 아직도 166 • 공항에
서 168 • 미완성 이야기 170 • 솔직하길 바랐
는데 172 • 후회는 하지 말자 174 • 각자의 흔
적 176 • 이 별 178 • 아직도 그렇게 살아 180
• 이제 와서 182 • 이런 사랑은 아마도 나를
184 • 그저 기억나는 것은 186 • 첫눈 188 •
너는 알고 있을까 190 • 나답게 192 • 꿈속에
너 194 • 바다 소리 196 • 널 믿고 싶어 198 •
사랑이 끝났다는 것은 200 • 네 빈자리 202 •
마음아, 왜 204 • 어디에서라도 206 • 나 홀로
잠에서 깨면 208 • 너도 나도 210 • 그곳에서
안녕하니 212 • 내가 가진 추억 214 • 여전히
216 • 다시 이어질 수 없는 건 219 • 지금은 왜
222 • 그래서 나는 224 • 잊지 말기로 해 226
• 맞는 사랑이었을까 228 • 손톱만 봐도 230
• 의미 없는 벚꽃 232

Part 4

우리의 지금은
곧 네가 되고 내가 될 거야

구름이 어디로든 흘러가듯 236 • 어김없이 238 • 넌 이미 충분해 240 • 위로 242 • 내가 머무를 곳, 머무를 사람 245 • 자신에게 인색하지 말 것 248 • 있는 그대로의 나를 250 • 고생했어 252 • 가장 먼저 떠오르는 사람 254 • 나는 뿌리내린 나무가 아니다 256 • 살아가게 하는 기억 259 • 계절 탓 262 • 꽃의 주인 264 • 하루하루 충실하게 266 • 내가 널 응원해 268 • 틈이 생긴 내 손을 270 • 내 곁에 항상 272 • 결국 선명해질 거야 274 • 우리에게 필요한 상상 276 • 시절인연 278 • 과일이 아무리 설익어도 280 • 가장 완벽한 계획 282 • 괜찮아 284 • 앞으로는 286 • 어제도 오늘도 내일도 288 • 힘을 빼야 잡을 수 있는 것 290 • 마음을 다할 때 292 • 나를 찾는 일 294 • 비운 만큼 채워지니까 298

epilogue 지금 우리가 건네야 하는 말 300

Part 1

너를 시작한
내가 좋다

널 만나려고

널 만나려고
그렇게 긴 시간 외롭고 퍼석했나 보다.

고마워.
내 가뭄에 단비처럼 스며들어줘서.

어쩔 줄 모르겠어

o

떨리는 목소리, 엎지른 물잔, 방황하는 눈빛…
모두 너를 향한 마음을 어쩔 줄 모르는
내 서툰 행동들이야.

네가 무심코 던진 시선, 무심코 던진 말에
신경이 쓰여.
네 마음에 들고 싶어서.

네가 좋아하는 것들을 같이 공감해주고
네가 좋아할 말들을 많이 해주고 싶어.

우리의 사이가 아쉽고
우리의 시간이 아까운 건
너를 좋아하는 마음이
아직도 나만의 것이라서 그래.

언젠가 비로소
내 마음을 네가 알아준다면
나는 너라는 꽃 위에 내 입술을 포개고 싶어.

그렇게 우리 사랑을 시작하고 싶어.

너와 하고 싶었다
ㅇ

너와 하고 싶었다.

너를 집에 데려다주며 가로등 밑을 걷는 일.

손이 시리단 핑계로 덜컥 네 손을 잡는 일.

너만 웃을 수 있는 심심한 농담을 건네는 일.

둘밖에 없는 조용한 바다에서 너를 안고 별을 세는 일.

그리 대단하지 않은 것들에 너를 대입하면

이 모든 게 대단한 것들이 되어버리는 것처럼

나는 사소한 사랑이라 해도

너와 하고 싶었다.

나의 하루

버스를 타고 가다 낯선 곳에 내려

그 동네의 골목길을 걷는 흔한 일도,

모자를 푹 눌러쓰고 가벼운 옷차림으로 나가

집 앞 분식집에서 간단하게 배를 채우는 일도,

노을 지는 저녁 자전거를 타며

불어오는 선선한 바람을 온몸으로 느끼는 일도.

너와 함께라면 평범했던 나의 하루도

낭만을 가진 하루가 될 것 같아.

유리와 거울

나는 내 마음을 유리처럼 보여줬는데,

넌 내게 왜 거울만 보여주는 걸까.

내 마음만 여전히 선명히 보이고

네 마음은 얼룩져 보이지 않는 거울 같아.

문득

네 마음이 너무 궁금한 밤이야.

나를 건네는 일

널 알게 되고 언제부터인가

평소보다 밝은 달을 발견하는 날이면

주머니 깊은 곳에 있던 핸드폰을 꺼내

이렇게 저렇게 사진을 찍곤 했어.

손이 시린 줄도 모르고 한참을 골목 한가운데 서 있기도 했지.

시작은 달이었지만 골목을 지나다 발견한 들꽃이나,

한강에서 들려오는 편안한 소리들,

맛있게 먹은 음식들까지도 이어지더라고.

네가 나에게 꽤 괜찮은 답장을 보내든 말든 상관없었어.

그러다 문득 생각했지. 이런 게 사랑일지도 모르겠다고.

난 널 생각하면 이것저것 담고 싶어.

그리고 그중 가장 아름다운 걸 너에게 건네고 싶어.

결국엔 나를 너에게 건네고 싶어.

먼저 말할게요

다음엔 내가.

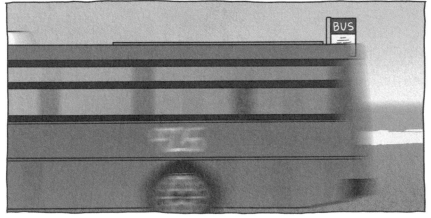

아, 내가 먼저 말할 걸.

먼저 말해줘서 고마워요.

다음엔 내가 더 먼저 표현할게요.

호
흡

더 깊이 마시고 싶다.

네 호흡, 네 숨결.

같은 마음

○

너에게 닿고 싶은 마음,

넌 아직일까 봐 망설일 때가 많았어.

그런데 오히려

그게 네 감정을 알아차리지 못한 거더라고.

내 마음이 큰 것만 자꾸 신경 쓰이고

네 마음도 크다는 건 배려하지 못한 거야.

우리 이제는 조금씩 솔직해져도 괜찮겠지?

아무것도

○

이곳이 세상 끝이라 해도

평생 꿈속에서 길을 잃어버릴지라도

너와 함께하는 여행이라면

나는 아무것도 상관없어.

우리의 미래가 자꾸
그려지는 건

○

너의 집에서 우리가 같이 아침을 맞이할 때 있잖아. 둘 다 이불에서 나와 대충 씻은 뒤 어젯밤에 한 따듯한 밥을 먹고 네가 사과주스를 만드는 동안 나는 설거지를 하곤 했지. 그리고 너의 출근을 배웅해. 그때가 아마 오전 9시 50분쯤이었을 거야.

그 이후엔 혼자 침대에 누워서 빈둥거리기도 하고 핸드폰으로 메일을 확인하다가 너와 같이 사는 강아지랑 포개져서 한숨 더 자기도 했어. 녀석은 이제 내가 밉지 않은가 봐.

얼마 못 자 다시 일어나서 내 일을 하며 시간을 보내는데, 세탁기를 돌려야 하는 게 생각난 거야. 그래서 네가 알려준 방법, 세

탁 버튼 2번, 헹굼 버튼 1번, 탈수 버튼 1번 눌러서 세탁기를 돌리고 한참 뒤에 확인했는데 그사이 세탁기가 안 돌아가 있더라. 아, 물을 또 안 틀어놨네. 다시 세탁기를 돌려.

그러다가 이른 저녁에 대충 입고 나와서 내가 좋아하는 카페로 갔지. 거긴 사장님이 엄청 친절하셔. 너도 거기 알지? 그곳에서 마저 내 일을 하다가 7시에 회사 앞으로 너를 데리러 갔어. 나를 발견하고 밝게 웃는 네 모습은 또 어찌나 예쁜지.

그렇게 아침부터 저녁까지 보내다 보면, 내 머릿속에서 우리의 미래가 자꾸 그려지며 웃음이 나. 그건 내가 널 온 마음 다해 사랑하기 때문일까? 그리고 너도 오늘 나와 같은 생각을 했을까?

내가 너에게
더 깊이 반한 순간

○

내가 너에게 한 번 더 반하게 된 순간이 언젠지 알아?
네가 내 주변 사람들까지 챙겨주기 시작했을 때야.

그냥 사소한 것들 있잖아.
친구가 새로 들어간 회사에서 적응은 잘하고 있는지,
내 가족들 저녁은 먹었는지, 근처에 있거나 여유가 된다면
흔쾌히 저녁 같이 먹자고 물어보는 너의 행동들.

이것 말고도 한참이나 많이 있는데
다시 생각해보니까 전혀 사소한 것들이 아니네.

나 하나만 아껴주고 사랑하는 것에서 그치는 게 아니라,

그 마음이 자꾸 커져서

내 주변의 사람들까지 소중해졌다는

너의 말.

그 말에 나 얼마나 뭉클했는지 몰라.

그래서 나도 너만큼

네 주변의 모든 걸 아끼고 소중하게 대하고 싶어.

내
사
람
이

너
라
면

○

내가 너를 보며 사랑한다 말할 수 있는 날이 온다면 어떨까?

내가 만약 바람이라면 살가운 봄바람이 될 거야.

내가 만약 비라면 가뭄에 단비가 되고 싶어.

내가 만약 눈이라면 예고 없이 내린 첫눈이었으면 좋겠어.

내 옆자리에 네가 있다면,

내 사람이 너라면 말이야.

상상해본 적
있어?

"너는 나랑 결혼하는 상상을 해본 적 있어?"

네가 한 질문에 나는
우리가 여태 함께한 시간들이 고스란히 그려졌어.
처음부터 끝까지 너무 귀하고 하나하나 소중해서
그동안의 벅찼던 감정들이 울컥 올라와서
금방이라도 눈시울이 붉어질 것만 같았지.
그제야 너를 보니 어느새 나와 같은 눈빛이더라.

"사랑하자. 나랑 같이 살아가자."

우리가 진짜 결혼이란 걸 하게 되는 날이 온다면
나는 그날도 어김없이 눈물이 날 것 같아.

시작과 끝

○

매일이 좋았다. 같이 있으면 시간이 부족했고 사소하게 웃는 것마저 즐겁고 네가 살아가는 방향이 그 방법이, 그저 너의 모든 모습이 좋았다.

그래서 널 곁에 두고 싶었고 술기운이 올라 볼이 발개질 때쯤 내가 네 손을 먼저 잡았다.

그런데 어느 날부터 네가 날 자꾸 불안하게 만들었다. 너는 항상 서둘러 어디론가 향했고, 나는 매번 쫓아가기 바빴던 것 같다. 우리 사이엔 얇은 실이 하나 연결돼 있는 듯 보였는데 언젠간 이 실이 우리 거리를 못 이겨 툭, 끊어져 버릴 것 같았다. 그래서 왜 자꾸 멀리 달아나려 하냐고 왜 함께 하는 시간을 놓아버리려 하느냐고 너에게 투정하기도 했다. 결국 널 놓치게 되는 순간이 올까 봐 나는 그토록 바쁘게 불안했던 거다. 우리 사랑은 서서히 지는 해인 줄 알았고, 결국 끊어질 마음인 줄 알았다.

나는 차츰 지쳐갔고 네가 놓기 전에 내가 먼저 널 놓아버리는 상상을 하는 날도 있었다. 처음엔 가끔이었지만 어느새 자주 그 생각이 나를 지배하기 시작했다. 하지만 아무리 힘들어도 나는 널 먼저 놓지 못하겠더라.

이제는 그 해가 다시 뜬다는 걸 믿는다. 만약 우리 사이의 줄이 끊어진다면 함께 힘써 줄을 묶을 것이라는 믿음이 있다. 저물었던 해가 다시 뜨면 바다도 그 여전한 빛을 드러내는 것처럼, 나는 가끔 불안에 떨기도 하겠지만 결국 다시 환해질 사랑을 믿으며 네 곁에서 여전히 빛날 것이다.

시작이 나에게 있었지 끝은 내게 없었다.
너를 시작한 내가 좋다.

널 보러 가기 한참 전부터 자꾸 여러 가지를 체크하게 돼.

내가 지금 입고 있는 옷이

네가 오늘 입고 나올 옷이랑 잘 어울릴까?

오늘따라 드라이가 잘된 것 같은데

이따가 바람이 많이 불면 어떡하지?

그리고 향수냄새에 예민하다는 네 말에

오늘은 그럼 어떤 향을 너에게 건넬지 머릿속이 복잡해져.

그런데 가장 신기한 건 이렇게 생각과 행동이 분주한데도

거울에 문득 스치는 내 표정이 웃고 있다는 거야.

얼른 널 보러 가고 싶다.

낮에도 뜨는 달

　

같이 누울까, 별을 보러 나갈까.

아니 그냥 입을 맞춰도 좋겠다.

너는 알고 있을까.

너와 함께하는 모든 시간, 널 생각하는 모든 순간

나는 자꾸 마음이 달뜨게 된다는 걸.

물음과 답

이미 알고 있는

○

나 너한테 할 말이 있어.

뭔데?

안녕, 해일 같은 사랑아

네가 나를 대하는 태도가 어떤지.

가진 것들은 뭐가 있는지.

주변에 어떤 결의 사람들이 있는지.

어떤 꿈을 꾸고 어떤 생각을 하면서 살아가는지.

다 상관없어.

나는 그냥 너라서 좋아. 그냥.

그냥 나에게 보여줬던 네 모습이 좋았어.

거짓 없어 보이던 네 첫 모습 말이야.

그날의 네가 나는 아직도 생생해.

네 모습이 어땠는지 넌 기억하니?

네가 내 빛이어서

"나랑 왜 결혼하고 싶어?" 어느 겨울, 눈 내리던 날 네가 내게 물은 말.

난 검은색의 아이였어. 동시에 그 어두운 티를 안 내리려고 부단히도 웃으며 흰색이 되려고 노력한 아이였지. 어렸을 때 집이 너무 어려워서 이사도 많이 다녔고 전학도 여러 번 갔어. 그러다 보니 당연히 친구들도 몇 없었고, 부모님은 거의 매일 싸우다시피 지내셨지. 그런 날이면 나는 그냥 화장실에서 문을 잠그고 숨죽여서 그 상황이 제발 끝나기만을 바라기도 했어.

초등학교 5학년 때 내 생일날이 기억 나. 학교를 마치고 집에 한 달음에 달려갔어. 오랜만에 가족들이랑 맛있는 음식도 먹고, 웃으며 떠들기도 하고, 케이크에 불을 켜고 뻔한 생일 축하 노래도 부르는 모습을 상상하면서 말이야.

현관문을 열고 집에 들어가니까 우리 집이 그 어떤 곳, 어떤 날보다 더 검은색이더라고. 조용히 방으로 들어갔어. 몇 분 지났을까, 엄마가 들어오시더라. 엄마가 울어. 생일선물 못 사줘서 미안하다고. 나는 괜찮다며 우는 엄마를 달래다가 나도 그냥 엉엉 울어버렸어. 그러곤 집 밖을 나가서 내가 자주 가던 놀이터에 갔지만 아무도 없었어. 그 놀이터에서 혼자 그네를 탔어. 아직도 그날 기억이 불쑥 떠올라. 자꾸 그날 그네를 타며 울던 내 모습이 보여.

그렇게 살아오다 어느 날 너를 만난 거야. 널 사랑하게 된 거야. 네 덕분에 새로운 친구들도 많이 생겼어. 내 또래 사람들도, 우리 엄마, 아빠 나이의 어른들도. 그렇게 건강한 사람들이 내 주변에 많아지니까 내 기억 너머로 우리 가족의 어둡고 우울한 모습 뒤에 밝고 좋았던 모습도 보이더라고. 그러면서 어느 정도는 우리 가족이 이해되더라. 우리 가족은 그 안에서 아마 분명 최선을 다했을 거야. 그렇게 생각이 바뀌게 되었어. 자꾸만 우리 가족이, 내 어린 시절이 좋아져.

네가 나한테 어떤 존재길래 그토록 바뀌지 않던 내 모습이 자꾸 변하는 걸까. 그렇게 어두웠던 아이가 어떻게 이렇게 빛나는 사람이 되어갈까. 변하는 내 모습이 싫지가 않아. 그래서 매일 반복되는 하루의 시작에 네가 있었으면 좋겠어. 또 하루 끝까지 너를 내 안에 가득 채우고 싶어. 나도 내가 가진 다른 색깔의 빛을 너에게 건네고, 그 빛에서 너 또한 행복을 느꼈으면 좋겠어. 너랑 이 시간을 계속 함께하고 싶어. 이게 너의 질문에 대한 내 대답이야.

나는
이미

○

널 향한 내 마음은

이미 범람한 강과 같아.

쓰는 이유
너에게 편지를
。

누군가와 소통을 잘하는 건 쉽지 않은 것 같아. 가끔 내가 생각하고 전달하려고 했던 마음들이 상대방에게 잘 전해지지 않아서 오해가 생기거나, 전혀 원하지 않던 방향으로 이어질 때가 있으니까. 그러다 보니 나는 어느새 그런 상황이 되면 입을 잘 못 떼겠더라고. 그냥 마냥 듣기만 했어. 나의 대답이 더 큰 오해를 불러일으킬까 봐.

그래서 몇 년 전부터 글을 쓰기 시작했어. 일기는 아직도 잘 못 쓰고 있지만 그냥 내가 느꼈던 생각들이나 감정들을 솔직하게 끄적이는 거 말이야. 그렇게 어느새 글로나마 내 감정을 표현하는 게 편해지더라고.

우리가 대화를 나누면서 오해가 벌어질 만한 상황이 되면 아직도 나는 입을 닫는 일이 많아. 그런 나를 보며 많이 답답했을 것 같기도 해. 앞으로 언제까지 이런 내 모습을 네가 이해할 수 있을까?

자꾸 말을 아껴서 미안해.
그래도 너니까, 너를 사랑하는 내 진심이 네게 닿아야 하니까, 좀 더 표현하기 위해 노력할게.

네가
좋아
이래서

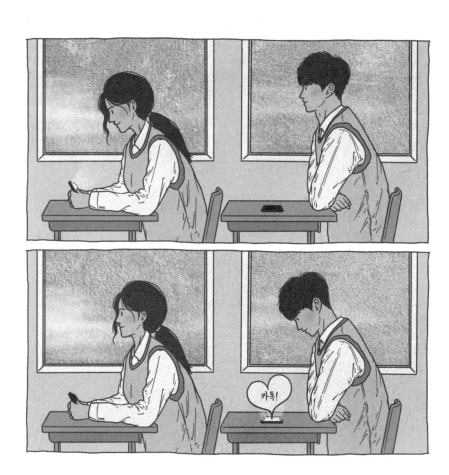

어떻게 알았어?

언제나 말하지 않아도
늘 내게 관심 기울이고
세심하게 배려해주는 너.

오늘은 네가 기다리던 말을
해주고 싶어.

"나도 네가 좋아."

지금 어디에 있니?

이젠 구름 한 점 없는 하늘을 봐도,

푸르게 펼쳐진 바다를 봐도 네가 그려져.

어느 곳에서든 네가 보이는 건

네가 내 일상에 자연스러운 사람이 됐기 때문일까?

네가 만약 하늘이라면 나는 그 곁에 구름이 되고

만약 바다라면 그 안에 모래알처럼 네 곁에 있을래.

지금 어디에 있니?

보고 싶어.

별을 세는
마음으로

고요히 별을 바라보고 있는 너를 보며 깨달았어.

밤하늘에 떠 있는 수많은 별들에 빠지지 않을 만큼
너란 별이 바로 내 옆에 빛나고 있다는걸.

그리고 다짐했어.
'별을 세는 마음으로 너를 사랑하겠다.
별을 기다리는 마음으로 너를 바라보겠다' 라고.

늘 먼
내 저
가 인
　 너

○

아픈 건 너인데

오늘도 내 걱정부터 하는 너.

지금만큼은 네 생각만 해도 돼.

내가 네 옆에서 너만 보고 있을 거니까.

다
행
이
야

○

이제라도

네 앞에 내가 나타나서 다행이야.

잘 됐어.

그래서 옆에 있어줄 수 있잖아.

지금 행복하잖아.

그거면 됐어.

파도에 부서지는 돌처럼

○

자꾸만 반복되는 이별에 대한 상처와

누군가를 사랑하며 앓아왔던

내 모습에 질려서 한동안 나는 사랑을 하고 싶지 않았다.

연인이든 친구든 그냥 모든 관계에 지쳐서

마음을 닫았던 시기. 울적한 나날들.

억겁의 시간을 넘어 네가 내 곁에 온 뒤로

나의 먹먹하기만 했던 시간이, 단단하기만 했던 마음이

파도에 부딪쳐 작은 모래알로 부서지는 돌처럼

구태여 노력하지 않아도 허물어져 버렸다.

다시 한번 사랑을 믿어보고 싶어졌다.

나

지금 이대로라면 자꾸 영원을 꿈꾸고 싶어.

다시 사랑하고 싶어지잖아. 너와.

Part 2

언제나 너의 하루
끝에 있을게

봄을 핑계로 너의 손을 잡고

여름을 핑계로 너와 더 가까이 있고,

가을을 핑계로 낯선 땅에 발을 딛고

겨울을 핑계로 너를 한 번 더 안고.

함께한 시간이 온통 꿈과 같아.

이런 내 마음을 너는 알고 있니?

그럼 "우리 오래오래 사랑하자." 말해줄래?

너란 사랑을 배워

○

누군가를 사랑하는 일은

사람을 배워나가는 일이라고 생각해.

완벽한 사랑을 한다는 건 당연히 어렵고 힘들겠지만

서로 다른 부분을 이해하고

엇갈렸던 마음들이 반복되지 않도록

알고 있던 부분도 잊어버리지 않도록

가슴 깊이 새기는 게 중요한 게 아닐까?

그렇게 꾸준히 복습하고 예습하면서

나는 널 배워나가고 싶어.

세상을 안았다

가볍진 않아도,

세상을 안은 것만큼은 확실하다.

거짓말

ㅇ

내가 너를 보고 그냥 웃을 때 있잖아.

너한테는 늘 "그냥"이라고 거짓말했지만

항상 이런 생각을 했어.

"어떻게 네가 나에게 왔을까. 새삼 참 고맙다."

그래서 당연히 웃음이 배어났던 거야.

안녕, 그리고 안녕

나는 원래 헤어지는 순간을 좋아했어. 그래서 안녕이란 말도 좋아했고. 어렸을 적 시골에 살 때 집 앞에 큰 트럭 같은 멋진 차가 지나가기만을 기다렸다가 마침내 그 순간이 오면 반갑게 손을 흔들며 "안녕"이라고 말하곤 했지. 그러면 운전하는 아저씨들은 대부분 웃으며 같이 손을 흔들어줬어.

이 말이 무슨 말인가 싶겠지만, 헤어질 때도 안녕, 만날 때도 안녕이듯이, 아무리 헤어져도 곧 다시 만날 수 있으리라는 기대감, 거기서 느껴지는 애틋함 같은 게 좋았다는 말이야.

우리 가족은 애정표현이란 걸 맨정신으로는 할 수 없는 사람들만 모여 있다고 생각했거든. 그러다 보니 내가 입대하는 날이 다

가왔을 때 우리 가족이 나중에 날 그리워하고 보고 싶어 하고 애틋하게 대해주지 않을까 기대하게 되더라고. 그래서 그날 슬프긴 했지만 눈물은 나지 않았어. 엄마, 아빠가 눈물을 흘리며 따뜻하게 대해주시는 모습이 너무 좋아서.

그런데 예전에는 다시 만나기까지 그 애틋함이 좋아서 헤어짐이 괜찮다고 말하곤 했었는데 이젠 아닌가 봐. 너와 잠시 떨어져 있는 시간들을 건뎌내기 너무 힘들더라. 네가 언제 일어났고, 무슨 반찬에 밥을 먹었는지, 회사 업무는 어땠는지, 널 힘들게 했던 사람과는 별일 없었는지, 반대로 웃음 짓게 해준 사람은 누가 있었는지, 하루를 마치며 내 생각은 얼마나 했는지 멀리서가 아니라 네 옆에서 듣고 싶어졌어.

애틋함만으로는 충분하지 않을 만큼 너는 나한테 그저 아쉽고 또 그리운 사람인가 봐. 이게 사랑인가 봐.

너라는 강

○

제천, 어느 검은 밤.

홀로 별을 보고 들어와 네가 있는 방 침대에

털썩 너를 따라 누웠다.

"꼭 잔잔한 강물 같더라, 꼭 네 눈 같더라."

아까 내가 본 별들에 대해 너에게 이야기했다.

가만 보니 네가 사는 이 집에도 너를 닮은 것들로 가득해서

온통 잔잔하고 투명하며 반짝거리는 것투성이다.

그것들은 모두 숨김이 없어서 내 품에 가득 안아보면

떨림, 호흡, 소리, 온도, 마음과 같은 모든 걸 알 수 있을 것 같다.

순간순간 반짝이는 빛으로

아마 밤이 다 새도록 이 순간을 밝힐 수도 있겠다.

오늘도 난 너라는 별을 보고 있다.

오늘도 난 너라는 강에 나를 흘려보내고 있다.

널 읽는 방법

○

넌 많은 생각과 고민들, 또 내가 모르는 여러 가지 이유들로
머릿속이 항상 복잡한 사람이잖아.
가끔 네가 무슨 생각을 하고 있는지 도통 말해주지 않는 날이면
나는 그냥 이렇게 널 가만히 안아버려.

이렇게 너를 조용히 안고 있으면
네 온도, 네 숨결, 네 마음이 조금이나마 느껴져.

너를 읽을 수 있어서,
그래서 좋아.

사랑의 방식

○

우리가 사랑하기 시작하면서 초반엔 왜 그렇게 너에게 바라는 게 많았던 걸까.

내가 아침을 너로 시작하는 것처럼 너도 나로 시작해주기를 바라고, 맛있다는 음식점이나 재밌다는 영화를 알게 되면 먼저 함께 가자고 이야기해주길 바라고, 오늘의 기분은 어떤지, 좋은지 나쁜지 먼저 물어봐주길 바라는 마음.

사실 이게 사소할 수 있지만, 너를 생각하면 나는 이미 당연한 것들인데 왜 넌 당연하지 않을까 싶었던 것 같아. 내 마음이 내 것인 것처럼, 네 마음도 너의 것인 걸 그땐 잘 몰랐나 봐.

이제는 너도 나처럼 너만의 방식으로 나를 충분히 사랑하고 있다고 생각해. 지금처럼 오래오래 서로의 사랑 방식을 이해할 줄 아는 그런 너와 내가 되길 바라.

표현에 서툴렀던 내가,

연락에 무심했던 내가,

어느새 이렇게 변할 줄이야.

요즘의 그런 내 모습이 나조차도 좋아서

매일 행복의 연속인가 봐.

아무리 말해도 사랑이 넘치는 법은 없다는 걸

이제야 알게 되었으니.

어제도, 오늘도, 내일도

온 마음 다해서 너를 사랑한다.

사랑한다.

사랑한다.

너,
나,
우리

○

뭐든 해주고 싶다는 너,

네가 해주는 거라면 뭐든 좋았던 나.

빛나는 자리
서로가

요즘 들어 친구들한테 얼굴 좋아 보인다는 소리를
종종 듣곤 했다.
'잠을 푹 자서 그런가' 하며 웃어 넘겼지만
나는 알고 있었다. 그 이유를.

너에게 알려주고 싶다.

"나는 네 옆에 있을 때 가장 빛이 나."

찾는
이에게

○

달을 찾는 마음으로,

혹은 별을 찾는 마음으로

그렇게 나는 당신을 사랑하고 있어요.

하늘을 올려다보면

매일 밤 떠 있는 달과 별이지만

그 감동은 결국 찾는 이에게 있으니까요.

매일 찾아요 나는,

당신을.

취하는 시간

너에

우리 가끔 자다가 동시에 깨는 일 있잖아.

그럴 때마다 우리는 어이가 없다는 듯 피식 웃어버렸지.

딱히 다음날 일정이 중요한 게 없을 때는

그 새벽에 같이 술을 마시기도 했고

같이 책을 읽고 이야기를 나누다가 다시 잠들기도 했잖아.

너도 나도 순간순간 피곤해서 졸기도 했지만

아무도 없는 새벽 공기에 너와 함께할 수 있어서

그 잠깐의 시간이 얼마나 꿈같았는지 몰라.

잠에 취해서,

때론 술에 취해서,

결국 너에 취해서 말이야.

너와 내가 처음으로 크게 다툰 날 기억해? 사실 다퉜다기보단 내가 널 의도치 않게 실망시켜서 벌어진 일이었지. 서로에게 실망하고 마음에 상처가 생기는 것은 사실 상대적인 건데, 그땐 내가 너라면 충분히 넘어갈 수 있을 법한 것들을 왜 그렇게 크게 받아들이고 속상해할까 하고 생각했던 것 같아.

그런데 넌 아마 모를 거야. 나도 너를 만나면서 나와 맞지 않은 부분들이나 실망스러웠던 상황들이 있었지만, 너라는 이유 하나로 '그래, 그럴 수도 있지. 나는 괜찮아' 하며 스스로 다독이며 지나간 적이 많았다는 것을. 네가 조금은 밉기도 했어. 매번 나만 평가 받고 점수가 매겨지는 느낌이 들어서 위축되는 날이 많았거든. 그러다 이게 과연 맞는 건지 우리의 연애를 되돌아보게 되었어. 우리의 사랑을 지속시키려면 더더군다나 이렇게 속마음을 표현하지 않고 넘어가면 안 됐던 거야. 나는 다툼이 싫어서 최대한 그런 상황을 만들지 않으려 했는데 지금 와서 보니 내 마음에도 앙금이 남아 있더라고.

앞으로 우리 이런 상황이 또 생긴다면 서로 잘 이야기하면서 풀어버리자. 나는 여전히 네가 내 손을 잡아줬다는 사소한 이유만으로도 온 세상 빛들이 우리를 비추는 것 같겠지만. 그래서 한없이 네게 고맙겠지만. 그러니까 더욱 우리 사랑을 단단하게 만들기 위해 노력할 거야. 이 과정을 어느 한 사람이 아니라 둘이 함께 해야 매일 바라던 나만의 꿈이 너와 함께 꾸는 꿈이 되지 않을까?

여 행 의   의 미

나는 네 손을 잡고 매일 낯선 곳으로 여행을 떠나는 것 같아.

우리가 오늘 먹은 음식,

우리가 오늘 느낀 바람,

그리고 우리가 지금 맡은 향기.

생각해보면 오늘은 항상 처음이자 마지막이었고,

매번 설레기에 충분했어.

그리고 내 앞에 서 있는 너도.

그
꿈
속
에
서
도

○

어느새 내 하루가 온전히 너로 가득해졌어.

나는 오늘도 이 마음을 가득 품에 안고

너와 같은 꿈을 꾸러 갈래.

그 꿈속에서도 오랫동안 널 놓지 않고

있는 힘껏 안아주고 싶어.

누군가와 연애를 하면서 마음을 쓰는 일은 그 방식이 각자 다 달라서 언젠간 '이 사람은 왜 나를 더 안 좋아해주는 걸까' '나를 좋아하기는 하나' 오해하기 쉬운 것 같아.

예를 들면, 사랑한다는 말은 왜 네가 아닌 내가 더 많이, 더 먼저 해야 되며, 더 보고 싶어 하는 사람도 왜 늘 나여야만 하는지. 우리가 나누는 스킨십도 마찬가지고 말야.

이런 생각들로 많은 사람들이 결국 나만 원하는 연애를 한 것 같은 기분이 들고 나와는 맞지 않는 사람인 건가 하고 의문을 가지게 되는 것 같아.

물론 우리에게도 이런 순간이 당연히 찾아올 거야. 그런데 그때 우리의 관계가 살짝 틀어졌다고 해서 마음의 크기 차이를 탓하지 않았으면 좋겠어.

내가 상대방보다 더 사랑하고 있는 것 같아서 괜히 마음을 아끼고 투정 부리기보다 상대방이 나에 대해 진실로 어떤 마음을 품었는지, 어떤 꿈을 꾸었는지가 더 중요하지 않을까?

잊지 말기로 해. 서로의 마음의 크기보다 더 중요한 건 너와 나, 우리 마음의 방향이고 그 방향은 같다는 걸.

○

우리 서로 사랑한다면

재지 말고, 따지지도 말고 있는 그대로를,

그저 지금 모습 그대로를 사랑하자.

이래서 좋아하고, 저래서 좋아하기보단

당신의 존재를, 우리의 존재를

온전히 사랑하기로 하자.

서로에게 존재함으로

우린 벌써 충분한 사이라는 마음.

이런 마음이면

영영 시들지 않는 봄이 이어질 테니.

충분한 기록

우리는 다른 여느 커플들처럼 사진을 많이 찍는 스타일은 아니 잖아. 정말 특별한 날에만 사진을 몰아서 찍곤 했었는데, 그 사진 중에 둘 다 마음에 들게 나온 사진도 있었고, 둘 다 이상하게 나온 사진도 중간중간 많이 섞여 있었어. 네가 웃으며 당장 지워 버리라고 하는 사진도 종종 있었고.

근데 나는 그런 모습들이 다 너무 좋은 거 있지. 꾸며진 게 아니 라 나만 볼 수 있는 너의 모습, 내가 너한테만 보여주는 모습들 이 담긴 사진 말이야. 그 사진이 잘 나오든, 못 나오든 그냥 네가 옆에 있으면 그게 좋은 사진이야. 나는.

그걸로 충분해.

마음을 나누는 방법

마음을 나눠야 한다면 나는 다른 사람 말고
너와 함께 나누고 싶어.

그리고 그 마음은 혼자만의 것이 아니라

우리가 함께 가진 마음이어야 가장 사랑스러운 거겠지.

시간이 흘러 계절이 바뀌고,

훗날 누군가가 너의 어디가 좋았었냐 묻는 사람이 있다면

너만 바라보고 있는 그런 내 모습이 싫지 않아서,

그래서 사랑했다고 말해줄 거야.

너도 그렇지, 나의 사랑아.

사랑이 있을까
이유 있는

○

남자가 말한다.

"사랑해."

여자가 대답한다.

"나도 사랑해."

별다른 이유는 없어,

이러니 내가 너를 사랑할 수밖에.

네
눈
에
날

○

네가 기분이 안 좋을 때 어떻게 풀어줄 수 있을까?

한참이나 고민한 적이 있어.

단것을 먹일까, 꽃을 사 들고 불쑥 나타날까,

서툴지만 편지를 전할까.

그러다 생각했지.

"아니다. 그냥 네 눈에 날 비추는 게 가장 좋겠다."

네가 날 보고 웃으면

그저 너의 얼굴을 부드럽게 쓰다듬어줘야겠다고.

○

나는 내 주변 친구들 사이에서는 자기주장이 강한 편이라서 가
끔 직설적으로 이야기해서 정 없을 때가 있다는 이야기를 듣는
사람이었어.

사실 내가 말하고자 하는 거나 원하는 것들이 있을 때 다른 건
안 보이고 나만 생각하는 경향이 있기도 했지. 어쨌든 난 누가
뭐래도 그 어떤 것보다 내가 더 중요한 사람이었거든.

이런 내가 이전보다 나 아닌 다른 사람을 더 생각하게 되었어.
지금 내 앞에 있는 사람의 마음이 어떤지, 어떤 생각을 하는지
살피게 되더라고. 심지어 가끔은 쓸데없는 눈치를 보기도 해.

내게 이렇게 변화가 생기게 된 가장 큰 이유는 바로 너야. 널 마주 보며 너의 기분을 생각하고, 이해하려고 하고, 내 마음을 오해 없이 전달하려고 노력한 것들이 자연스럽게 연습이 되어버렸나 봐.

나는 그동안 나밖에 모르는 어린아이에 불과했어. 물론 그 모습이 아예 없어졌다고 볼 수는 없겠지. 여전히 내가 먼저일 때가 많아. 그렇지만 자꾸 네가 나보다 중요해지는 순간들이 있어. 내가 그동안 잘 경험하지 못했던 것이라 낯설고 혼란스럽고 어렵기도 해. 하지만 한편으로는 다행이야. 너도 나만큼이나 나를 소중하게 생각하는 모습들을 숨기지 않아서. 다 티가 나서.

넌 늘 내게 낯설지만 좋은 변화를 가져다줘.

우리가 다른 것 중 제일 큰 하나는 좋아하는 계절이

다르다는 거였다.

나는 뜨거운 여름만 되면 온종일 몸이 처져 힘을 못 쓴다.

예전에는 꽤 여름을 잘 견뎌낸 것 같은데 말이다.

반면 너는 겨울이 힘들다고 했다. 겨울만 되면

잠이 쏟아지고 뼈까지 아프다고.

그렇다면 우리 이렇게 하자.

봄에는 둘 다 힘들어하지 않을 테니 마음 다해 사랑하자.

망설이지 말고 아끼지 말고 쓸 수 있는

마음 다 써 사랑하는 거야.

그러다 꽃이 지고 여름이 오면 네가 내 곁에 와주라.

시원한 바람 맞으며 설레는 밤을 보내자.

가을은 봄과 비슷하겠지만,

우리는 좀 더 애틋하고 깊어진 마음이겠지.

낙엽 지고 겨울이 오면 내가 네 곁에

더 많이 다가가 눈앞에 설게.

네 눈앞에 내가 발맞춰 서면 나를 꼭 안아주라.

나는 그거면 돼.

이렇게 변치 않는 나날들을 서로 손잡고 걸어가자.

우리 이렇게 함께 사계절을 살아가자.

잠든 너를 보면서

우리가 처음 함께 누웠을 때 그렇게 어색했던 네 숨소리가
이젠 너 없이 잘 못 잘 정도로 그 소리가 편안해졌어.

나보다 항상 네가 먼저 잠들곤 하잖아.
매번 먼저 잠드는 너를 보고 웃긴 별명을 붙여가면서 놀려댔지만
사실 나 일부러 너보다 늦게 잔 거야.

잠든 네 얼굴을 하나하나 내 눈에 담고 싶어서.
눈부터, 코, 입, 입술 위에 흐릿한 점까지.
네 숨소리에 맞춰 나도 숨을 한번 고르고

이마에 몰래 입을 맞춰도 보다가
나도 스르륵 잠들고 싶어서.

그렇게 너란 꿈을 꾸고 싶어서.

오늘도 나는 아마 졸린 눈을 비비면서

네가 잠들 때를 기다리겠지.

그렇게 행복하게 살아가겠지.

기억나요?

o

유독 너와 서로의 미래에 대한 이야기를

많이 한 걸 너는 알까?

지금은 이렇게 현실에 부딪혀서 살아가야 하고

포기하는 것들도 많이 있지만

여전히 변하지 않는 한 가지는

미래에도 지금처럼 함께하고 싶다는 거였다.

오랜 시간이 지나 맞잡은 손에 주름이 늘었을 때쯤

나는 아마도 너에게 이런 말을 건네겠지.

"당신 기억나요?

오래오래 함께 늙어가자고 했던 우리의 약속 말이에요."

너의 단어

ㅇ

널 생각하면 떠오르는 단어들.
바람, 산, 숲, 구름, 하늘, 바다,
돌, 흙, 달과 별, 태양.

그저 있는 그대로여서
충분하고도 넘치는 것들.

구태여 노력하지 않아도
속절없이 사랑스러운 것들.

서로의 온도

○

"아 뜨거워!" 내가 하는 말,

"아 차가워!" 이건 네가 하는 말.

우리가 함께 씻을 때 절대로 빠지지 않는 말이다.

이렇듯 너와 나의 온도는 다를 수 있다.

그러나 그 자체로 조화롭다는 것을 기억하자.

나는 너를, 너는 나를 서로 배려하며

각자의 온도를 나누다 보면

둘 사이 딱 중간의 온도가 우릴 감싸 안아줄 테니까.

결국 알맞은 우리만의 온도가 될 테니까.

몇
번을
보아
도

"

나를 몇 번이나 쳐다보는 거야?"

몇 번을 보아도 또 보고 싶은 얼굴이 생겼어요.
몇 번을 건네도 내가 가진 모든 걸 주고만 싶어요.
몇 번을 표현해도 한없이 부족하게만 느껴져요.

이거 사랑인 거죠?

아깝지 않은 말

○

이 말은 아침에 같이 일어나서 너랑 처음 눈이 마주쳤을 때,
출근길을 배웅해주면서, 날씨가 좋다는 걸 알려주면서,
퇴근하고 널 마중하러 갈 때, 너랑 밥 먹다가
그냥 갑자기 말해도 언제나 예쁜 말인 것 같아.

이 말은 너에게 전하고 또 전해도 넘치지 않으니까.
아깝지 않으니까.

지금도 너랑 눈이 마주쳤네?

"사랑해."

○

내가 하루 종일 기다리는 시간, 저녁 7시 30분.
이 시간이 되면 일곱 자리의 비밀번호 누르는 소리와 함께
곧 현관문을 열고 네가 웃으며 들어온다.
너도 나만큼 이 시간을 기다렸을까 문득 궁금해진다.

다시 만난 우리는 오늘 있었던 하루를 공유한다.
얼마나 지났을까.
아쉽게도 너는 몇 시간을 버티지 못하고
배터리가 다 된 핸드폰처럼 미동이 없다.
그렇게 아쉬움을 뒤로한 채 이윽고 나도 너를 따라
밤을 함께 맞이한다.

이렇게 5일을 반복하고 나면 어김없이 주말이 온다.

그간에 밀린 대화가 오고가고

한 주 동안 말하지 못했던,

또는 말하고 싶었던 이야기들을

서로에게 쏟아낸다.

다 쏟아내고 나면 정적이 흐르는데

그 고요함마저 같이 즐긴다.

행복한 시간은 왜 늘 빠르게 흐르는지.

어쩌다 보면 벌써 일요일 저녁,

역시 이틀은 우리에겐 짧다.

난 이젠 회사를 다니지 않는데도 여전히

너 때문에 월요병을 앓는다.

사랑을 앓는다.

밤
과
낮

○

지금 저 빛이 떠오르는 해인지
스며드는 달인지 상관없다.

널 생각하는 내 마음,
밤낮없이 계속 이어지니까.

온통 너니까.

그리고 숨
너는 쉼,

○

너는 쉼, 그리고 숨.

너는 내게 그런 사람이야. 쉽게 놓칠 수 없는 사람.

쉼 없이 살아갈 수 없고, 숨 없이 존재할 수 없듯이 말이야.

이 마음이 오랜 시간에 못 이겨 지칠 수도 있다는 걸

우리 모두 알아.

다만 지금 이렇게 하루하루 소중한 마음이어야

먼 훗날 돌이켜봤을 때 우리가 어떻게 함께했는지,

어떤 추억을 나누며 어떤 역경을 이겨냈는지,

그럼에도 불구하고 여전히 사랑하고 있는 게

가슴 벅차지 않을까.

이 마음을 잊지 않기를 바라.

바다보다는 강과 같은 사랑을

우리 사랑은

바다보다는 강과 같은 사랑을 하는 게 어때요?

깨지고 부서져 어느새 사라지는 파도보다는

찬란한 빛 가득 머금은 잔잔한 강물처럼 말이에요.

눈부신 사랑을 오래 하고 싶어요.

내 곁에 있는 사람이 당신이라서요.

Part 3

널 읽었다면
널 잃지 않았을까

없던 버릇

○

서로의 마음을 나눈다는 게 뭘까,

너와 나에서 우리가 된다는 게 뭘까.

그게 대체 뭐길래

이렇게 나를 송두리째 흔드는 걸까.

나는 온 마음 열렬하게, 또는 서툴게 당신을 앓았다.

예보 없이 내리는 소나기를 맞고

찾아오는 감기처럼 사랑도 그렇다.

결국엔 아플 수밖에 없나 보다.

준비 없는 사랑을 한다는 건.

요즘은 우산을 챙기는 없던 버릇이 생겨버렸다.

두 눈에 너를

눈에 담은 널 보내기 싫어 두 눈을 감아.

그 끝에 있는 널 이렇게라도 붙잡고 싶었던 나야.

그러다 가끔 눈물이 나올 땐 속절없이 흘러가.

날 떠나가잖아. 네가.

적당한
사이

각자 서로 혼자 있는 시간을 존중해주는 사이.

너와 나 같이 있지 않아도 외롭지 않고,

같이 있어도 부담스럽지 않은 사이.

우리 사이에 놓인 거리가 부족하지도 모자라지도 않게

딱 그만큼 알맞았으면 좋았을 텐데….

나는 그게 참 아쉬워.

너를 본다,
아직도
ㅇ

내 곁에는 너를 닮은 것들이 아직 많이 있다.

커튼 사이로 들어와 어느새 내 옆에 내려앉는 햇살,

맑은 하늘에 갑자기 내리는 소나기,

꿈결같이 하늘에 떠오르는 무지개,

시간마다 달라져 짐작할 수 없는 바다,

가던 길 멈춰 서서 바라보게 만드는 들꽃.

나는 매일 내 곁에서 너를 찾는다.

너를 본다,

아직도.

작년 여름, 그녀를 알게 된 지 2주 정도 지났을까. 그녀는 가장 친한 친구와 해외여행을 간다고 했다. 우린 그때 연인 사이는 아니었다.

그녀가 인천공항에서 비행기 탑승을 기다리고 있을 때 메시지 하나를 보냈다. 그건 온라인에서 700원 주고 산 mp3 노래 파일.

급하게 여행 준비하느라 기내에서 들을 만한 것들을 따로 준비하지 못했을 것 같아서 내가 그 계절에 가장 많이 듣던 곡 하나를 골라서 선물해주고 싶었다. 그 노래는 '혹시몰라'라는 가수가 부른 〈공항에서〉라는 노래였다. 그녀는 여행을 마치고 한국에 돌아와 내 섬세한 배려에 크게 감동받았다고 말했다.

나는 몇 번의 계절이 바뀐 지금도 여전히 그 노래를 찾아 듣곤 한다. 여행을 갈 때마다, 또는 계절이 바뀔 때마다 이 노래가 점점 더 좋아진다.

그런데 이 노래는 계속 내 곁에 있을 것만 같은데, 내 옆에서 같이 노래를 흥얼거리던 그녀만 이젠 내 곁에 없다.

미
완
성　이
야
기
○

우리만의 이야기를 쓰고 싶었는데…

결국 쓰다 만 쓰디 쓴

미완성 이야기.

솔직하길 바랐는데

하고 싶은 말을 잘 표현하지 않고 아끼는 널 보면서

가끔은 잘 이해가 되지 않았어.

나는 마음을 다 비춰도 부족하다고 생각하는 사람이었으니까.

그렇게 일방적인 표현들이 점점 늘어날 때쯤

이런 생각이 들었어.

감정을 보여주고 싶은 만큼만 보여줄 수 있다는 게 부럽다고.

넌 왜 자꾸 숨기려 했을까?

네가 가지고 있는 마음보다 절반의 크기만큼만 날 사랑하는 척.

내가 서운하다고 호소해도 남 일 대하듯이 무심한 척.

우리의 미래에 대해 혼자 지극히 현실적인 척.

이젠 알아. 너의 속마음은 그렇지 않았다는 걸.

그런데 그걸 너무 늦게 알아버렸어.

진작 알았다면 좋았을 텐데.

좀 더 내게 솔직해줬다면 좋았을 텐데.

네 마음을 좀 더 세심히 들여다보지 못한 나와

내 마음에 좀 더 깊이 다가와주지 못한 너,

모두의 실패인 거겠지.

후회는 하지 말자

우리 많이 아프더라도
후회는 하지 말자.

후회하지 않으려고 더 늦기 전에 내가 네 손을 잡았었고,
시간 지나 더 후회하기 전에 마주 잡고 있던 손을 함께 놓았다.
그러니 서로에게 한 말들을 이제 와서 되돌리려 하지 말자.

지금까지의 우린 충분히 예뻤고
사계절이 다 봄인 것처럼 마음껏 사랑했으니,
우리가 나눴던 시간들을 후회하지 말자.

각자의 혼적

사람들은 누구나 각자의 혼적을 남기며
또는 새기며 살아간다.

먼 훗날, 당신 마음에 새겨진
또는 남겨진 나란 혼적이 아픔이 아니라면
나는 그걸로 됐다.

그거 하나면 충분하다.
나는.

이
별

저 별은 당신과 닮았어요.
내 옆에서, 때로는 아주 멀리서
늘 한결같은 당신이네요.

매일 밤 당신이 내 품에 스며들어요.
여전히 내 안에서 빛나요.

내 바람과는 다르게 영원할 것 같던 시간이 지나가고,
당신이 툭 떨어져 버렸어요.

나는 비로소 오늘, 당신과 이별합니다.
이렇게 우리가 이별합니다.

아직도 그렇게 살아

ㅇ

그대가 그리워지는 날이면

나는 당신과

들었던 음악을,

보았던 영화를,

걸었던 거리를,

좋았던 물건을,

함께했던 추억들을 여전히 꺼내고 그려.

아직도 그렇게 살아.

나는.

그대 떠나고 남겨진 깊게 패인 자리에

나도 따라 누웠습니다.

이렇게라도 하면 떠난 그대 마음 알 수 있을까요.

맞지 않는 자리에 나를 구겨 넣어봅니다.

나는 왜 진작 몰랐을까요.

왜 그땐 그렇게 지나쳤을까요.

혼자 남아 있었던, 공허한 공기와 함께 있었던

당신 모습이 보여요.

이제 와서 보여요.

○

그 계절에 난 널 만나면서
꽤 많은 것들을 버려야만 했다.
내 습관, 취향, 가치관 같은 것들.

이제 어디서부터 나를 찾아야 할까.
잘못된 길이란 걸 이제야 알았는데
돌아갈 방법이 없다.

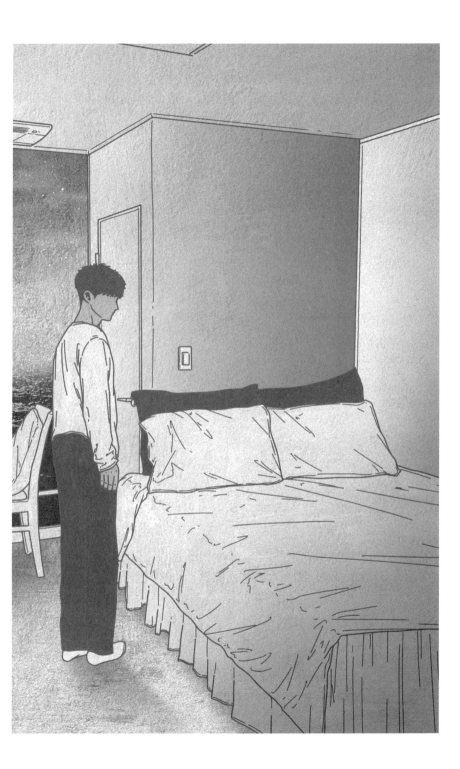

그저 기억나는 것은

달리는 기차 안에서 이런 생각을 했어.

멀리 있는 것들이 눈에 더 선명하게 남고,

오히려 가까이에 있는 것들은 빠르게 지나가서

눈에 잡히질 않더라고.

그래서 너도 그랬을까.

같은 시간 속에 있었던 네가 이젠 기억이 잘 나지 않더라고.

그저 기억나는 것은

그때의 풍경, 바람, 웃음소리 정도.

딱 그 정도뿐.

첫눈

ㅇ

그날 내렸던 첫눈을 기억해?

돌이켜 생각해보면

첫눈은 항상 내렸는지도 모르게

금방 사라져 버렸던 것 같아.

그 모습이 너와 닮아 나는 첫눈이라 불러,

너를.

너는 알고 있을까

ㅇ

하늘 우는 오늘.

건조했던 발자국 소리는

나도 모르게 젖어버렸고,

내 눈 앞에 너는 자꾸 흐려지는데.

하늘이 우는 건지,

내가 우는 건지.

나답게

o

사랑 하나쯤은 나답게 하고 싶었다.

너에게 건네는 나다운 인사,

홀로 있는 시간 지나 널 맞이하는 법,

구구절절 말보단 글로 전하는 내 마음.

그런데 우리 사랑 멀리서 보니

오롯이 너에게 맞춰진 사랑이더라.

너는 여전히 여기에 있는데

나는 어디쯤에 있는 걸까.

사랑 하나쯤은 나답게 하고 있는 줄 알았다.

꿈
속
에
너

○

밤마다 너를 꾸는 일이 잦아졌다.

너는 어떤 표정이었을까,

기억이 나질 않는다.

바
다
소
리

○

너는 유난히도 바다를 좋아했어.

파도 소리를 듣고 있으면 마음이 편안해진다고 했지.

기억나?

난 바다를 보고 웃는 네 목소리를 더 좋아했잖아.

그래서 자꾸 이곳을 또 찾아.

네가 내 고요이고 평화였으니까.

궁금해.

아직도 너는 바다 소리를 좋아하는지.

내 목소리가 생각나는지.

널 믿고 싶어

예전부터 그랬어 너는. 번번이 똑같은 실수를 저지르면서도 나한테 오히려 큰소리를 치는 날이 많았지. 사람은 바뀌지 않는다는 말, 그걸 알면서 미련하게도 나는 뻔한 사과 한마디에 또 너를 안았고 못 지킬 약속인 것을 알면서도 또 한 번 너를 믿었어.

나도 내가 왜 자꾸 널 받아주는지 사실 잘 모르겠어.

이게 사랑이 맞는 걸까? 미련이라면 그것도 사랑의 일부분이라고 말할 수 있는 걸까? 그리고 네가 아직도 나를 사랑하는 게 맞는 걸까?

나는 널 믿고 싶어. 마지막으로.

사랑이
끝났다는 것은

꿈에서라도 네가 날 안아줄까 봐

눈 감고 널 생각해.

사랑이 끝났다는 것은,

나를 부르는 한 목소리를 잃는 것.

차가운 내 손을 잡아주던 따뜻한 손의 촉감을 잃는 것,

이불에 배어 있는 그 사람 향기를 잃는 것.

나를 만나면서 너는 특히 외로움을 많이 느꼈잖아.

네가 항상 혼자 있는 듯 느끼고 불안해할 때

사실 나는 네가 이해가 안 되는 날이 많았어.

이런 차이 때문에 결국 우리가 헤어졌을 때

당분간은 외로움이란 감정을 잘 모르는 내 성격이

오히려 도움되는 건가 싶더라고.

그런데 시간이 지나고

네 빈자리가 문득 느껴질 때마다

다른 의미의 외로움이 왈칵 밀려오는 거야.

네가 나에게 말했던 외로움이 어떤 건지 어느 정도 알겠는 거야.

이제야 알았어.

외로움을 몰라야, 그래야만 살아지더라. 나는.

마
음
아,
왜

○

이제 와서

그때의 내 마음이 사랑이라고 하면

이미 지난 우리 시간,

단단해진 우리 사이.

나더러 어떡하라고.

어디에서라도

우리, 어디에서라도 만나.

나 꿈 진짜 많이 꾸는 거 알잖아.

사실 비밀인데, 아직도 꿈속을 지나면 너를 만날 수가 있어.

그 속에서 우린 아직 예전과 같아.

딱 한 가지 변한 게 있다면

이제는 너와 함께하는 그 시간이 꿈이라는 걸 난 알아.

그렇게 너를 보내고 어둑한 밤, 나 홀로 깨고 나면

어김없이 내 방은 더운 공기로 가득하고 눈앞은 흐릿해.

더 슬픈 게 있다면 너는 더 이상 내게 묻질 않는다는 거야.

내가 왜 울고 있는지.

너
도
나
도

○

'내가 예민한 걸까' 생각할 때가 있었다.

그러나 예민한 사람과 예민하지 않은 사람이

따로 있지 않은 것 같다.

그 상황과 상대에 따라 예민한 정도가 다른 것일 뿐.

너도 나도

결국 자기 자신이 우선이었으니까.

어쩔 수 없었던 게 아닐까.

다만 내가 조금만 더 저줄 걸,

하는 아쉬움이 들 뿐.

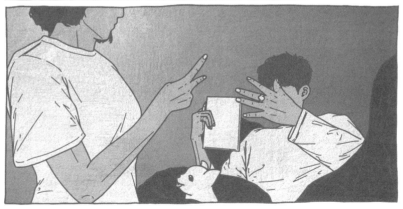

그곳에서
안녕하니

우리가 함께했던 시간들을

잊으려 할수록

자꾸 더 아파오는 사람.

너는 내게 그런 사람이다.

아직도, 여전히.

너는 어때?

그곳에서 안녕하니.

내가 가진 추억

너와 해 지는 노을을 같이 볼 수 있어서 행복했다.

노을 지나, 달빛까지 같이 걸을 수 있어서 감사했다.

여전히

네 몸에서 나는 향을 나는 좋아했다. 평소 향수를 뿌리지 않는 너니까 그 향은 내가 잘 맡아보지 못한 나무 향 같기도 하다. 후각이 예민하지 못한 내가 느낄 정도로 꽤 강한 너의 향.

스무 살 끝 무렵에 해외에서 2주간 지낸 적이 있었다. 그곳에서 지낸 그 짧은 시간 내 몸에 밴 향이 한국에서도 꽤 오랫동안 내 주변을 돌고 돌았다. 그곳에서 맡았던 냄새들이 온통 특이한 것들이어서 살아가면서 잊고 지내다가도 문득 비슷한 향이 내 코앞을 스치기라도 하면 나는 스무 살 끝 무렵 그 계절로 돌아가곤 했다.

그래서 네 향도 그랬을까? 좀처럼 네 향이 내 곁에서 떠나지를

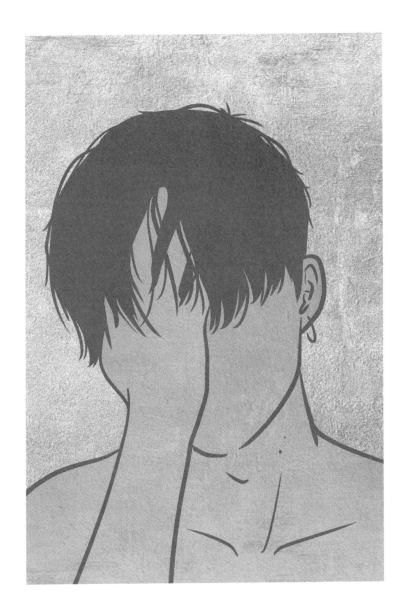

않는다. 처음엔 익숙하지 않아서 가끔은 머리가 어지럽기도 했던 그 향이 어느새 내가 움직이는 곳곳마다 가득 차 있다. 내 방, 내 옷, 내 몸까지도.

바람에 잠깐 실려 오는 향 따위에도 네가 덜컥 보고 싶다. 내가 사랑하는 이 향을 나는 언제쯤 잊을 수 있을까.

알고 보니 나에게 잘 보이고 싶은 마음 때문에 네가 원래 가진 모습을 애써 감추며 나에게 맞춰줬던 너. 너의 거짓말에 처음엔 우리가 닮은 사람인 줄 알았어.

사람이 편해지면 원래 모습이 나온다고 하잖아. 꾸며진 너의 모습이 오래가진 않더라고. 자꾸 원래 모습을 숨겨야 했던 너는 자연스럽게 지쳤을 거야.

그런데 나한테 미안하다고 했잖아.

물론 처음엔 우리가 닮은 사람인 것 같아서 기뻤던 건 사실이지만 다른 사람인 게 어찌 보면 당연한 거니까 그건 또 그대로 인정하고 이해하고 싶었어.

우리 서로 다른 모습도 나는 상관이 없었어.

하지만 결국 넌 떠났고 우리는 남이 돼버렸지. 너도 나와 마찬가지로 서로 다름을 인정하고 이해하고자 했다면 좋았을 텐데.

몇 주가 흘러 햇빛이 따스한 어느 날, 너에게서 연락이 다시 왔고 사실 난 많이 흔들렸어. 널 많이 좋아했었으니까. 한참을 고민하다가 결국 그전처럼 널 사랑할 수가 없을 것 같다는 생각을 했어. 우린 다시 이어지지 못했지.

서로의 다름을 이해하는 것. 그 이해를 넘어서 받아들이는 노력이 필요하다는 것.

그 노력을 서로가 비슷한 크기로 해야 한다는 것.

나는 널 만나면서 배운 게 너무 많아.

지금은 왜

○

침묵 속에서도

아름다웠을 때가 있었단 말이야.

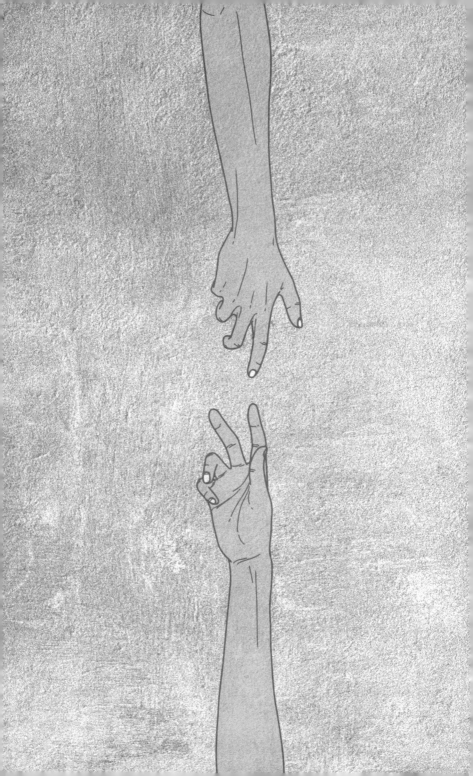

모든 인연이란 게 그렇다.

붙잡거나, 놓아주거나.

지금 내가 힘든 것은 그를 잃어버려서일까.

내 연애가 끝난 아쉬움 때문일까.

잊지 말기로 해

널 떠올릴 때마다 가슴 한편이 시큰거리고

눈시울이 붉어지겠지만

우리가 헤어졌다는 이유 하나만으로 우리의 좋았던 관계를

함부로 치부해버리고 싶지 않아.

분명히 나는 나대로, 너는 너대로 더 서로에게

맞는 사람을 만나게 될 거야.

널 미워하는 마음보단 응원해주고 싶은 마음이 더 커.

좋은 이별이란 건 없겠지만,

좋은 만남이었던 것만큼은 우리 잊지 말기로 해.

맞는 사랑이었을까

구태여 맞추려 하지 않아도

서로 닮아가는 게 사랑이라는데.

우리는 맞는 사랑이었을까,

다른 사람이었을까.

손톱만 봐도

나는 관계에 대한 정리가 남들보다 빠르다고 생각해서

이별에 대한 후유증이 오래가지 않는 사람인 줄 알았어.

그런데 아니야. 숨이 턱 막힐 정도로 네 빈자리가 너무 크더라.

내가 끝을 둥그렇게 자른 손톱을 보고 네가 그 버릇을 고쳐줬잖아.

처음엔 손톱을 자르다 만 느낌에 크게 어색해했지.

이젠 일자로 반듯하게 자른 손톱이 익숙해진 것처럼

내 사소한 부분까지 깊숙이 네가 들어와 있었던 거야.

손톱만 봐도 자꾸 네 얼굴이 떠올라.

네 덕분에 변한 내 모습은 여전히 그대로인데

이젠 내 옆에 네가 없다는 게 너무 공허해.

아마 널 오래도록 잊지 못할 거야 나는.

떨어지는 꽃잎보다,

나는 네 향기가 더 그리울 텐데.

Part 4

우리의 지금은
곧 네가 되고 내가 될 거야

구름이 어디로든 흘러가듯

너무 많은 걱정과

고민들로 하루를 채우진 말자.

구름이 어디로든 흘러가듯,

그렇게 한 번씩은 흘러가는 대로 그냥 두자.

바람이 이끄는 대로 따라가다 보면

꽃도 만나고,

바다도 만나고,

비바람도 만난다.

결국 그 끝엔

담대해진 내가 있다.

어김없이

○

빛을 보려면 어둠이 있어야 하듯이

빛과 어둠은 항상 내 곁에서 공존하는 것 같다.

그러니 지금의 어두운 밤을 두려워하지 않기로 했다.

그냥 한숨 푹, 단잠을 자고 나면

눈부신 내일이 반드시 찾아오니까.

넌 이미 충분해

○

넌 너 자신에 대해서 잘 모르겠다고 자주 말하곤 해.
뭘 원하는지 어떻게 살아가고 싶은지 말이야.
매번 즉흥적이고 소신도 없고 이도 저도 아닌 모습.
이런 이유들로 스스로 너를 비난하는 일이 많은 것 같아.

그런데 너의 좋은 모습보다는 안 좋은 모습을
네 마음에 가득 채우고 살아가는 거 같아 안타까워.
그러면 네 모습이 더 미워질 거고 결국 다 싫어질 텐데.

그런데 내 생각은 달라.
너의 존재에 대해서 너는 끊임없이 질문하는 사람이잖아.
나는 너의 이런 모습만으로도 대단하고 충분하다고 생각해.
그러니 네 자신을 그대로 존중하고 사랑해줬으면 좋겠어.

위
로

위로라는 건 아주 사소한 것에서부터 시작하는 거라고 생각해.

어느 날 갑자기 평소에 연락도 잘 안 하는 친구한테
연락이 온 거야.
특별한 목적이 있어서 한 전화가 아닌 건 금방 알아챘어.
그냥 시답잖은 이야기를 몇 마디 나누고
긴 시간이 지나지 않아서 통화를 마쳤는데
뭔가 따뜻한 이불을 푹 덮고 누워 있는 기분이 들더라고.

이처럼 예고 없이 불쑥 걸려온 전화나 한 토막의 편지,
다시 읽어도 좋은 책,
또는 내 사람이 날 보는 눈빛에서도
위로를 느낄 수 있는 것 같아.

요즘은 이런 사소한 위로조차 하기도 받기도 어렵잖아.

이렇게 무기력함을 느끼는 이유가 내 삶에

여유가 없어서인지

그냥 누구에게나 한 번씩 찾아오는 시기여서인지

그건 잘 모르겠지만 말이야.

이런 뜻밖의 사소한 위로들을

이젠 나도 자주 전해야겠다는 생각이 들어.

좋은 마음은 서로에게 번지는 거니까.

주는 사람이든 받는 사람이든.

내가 머무를 곳,
머무를 사람 ○

내가 느끼기에 사랑과 삶은 닮은 게 많은 것 같다.
둘 다 정해진 답이 없는.

매번 다니는 회사마다 나와 잘 맞지 않는 편이었고
그곳에서 만난 사람들도 대부분 나랑 결이 다르다고 느꼈었다.

다른 사람들은 그저 담담하게 회사를 다니고
안정적인 사랑을 하는 것 같은데 말이다.
나만 이상한 건가 싶었다.

그러다 결국 알게 되었다.

누구나 각자의 고민과 시행착오를 겪으며
지금 그 자리에 있다는 것을.

나도 그저 흐르는 물처럼 흘러가는 대로,
삶이 이끄는 대로 살다 보면
언젠가 어디선가 나한테 맞는 내 자리를 찾아
머무를 수 있지 않을까?

자신에게 인색하지 말 것

우리는 너무 자기 자신에게 인색한 것 아닐까.

매번 잘했던 기억들은 금세 잊어버리고
아쉬웠던 기억들은 곁에 오랫동안 남는다.
잘한 일이 무엇인가 되새겨 보려 해도
기억이 잘 나지 않을 때도 있다.
기억하려 하다 바로 생각나지 않으면 이조차도
금방 포기하고 잊어버린다.
이럴 때일수록 더더욱 내 작은 움직임에도 스스로
크게 기뻐하며 대견해하는 마음이 필요하지 않을까.

그 마음이 어색하지 않도록 요즘은 더더욱
나를 사랑하는 연습이 필요한 것 같다.

있는 그대로의 나를

단지 친구나 가족이라는 이유 하나로
나의 안 좋은 모습들이나 부족한 부분들까지
다 감싸 안아줄 순 없을 거야.

그럼에도 불구하고 그저 나라는 사람 자체를 존중해주고

사랑해주는 내 곁의 소중한 사람들에게 한없이

더 잘해주고 싶은 마음이 들어.

그들은 마냥 행복하기만 했으면 좋겠어.

그리고 너도.

지친 하루의 끝 내 곁으로 돌아온 네가
내 품에서 푹 쉬었으면 좋겠어.

오늘도 수고했어.
애쓰느라 고생했어.

힘들었던 오늘은 이제 다 지나갔으니까
네가 좋아하는 파스타 같이 먹으면서
한참 밀린 드라마 보면서 풀어버리자.

그리고 내일의 설렘을 준비하는 거야. 어때?

가장 먼저 떠오르는 사람

○

네가 힘들 때 가장 먼저 떠오르는 사람이
나였으면 좋겠어.

세상 사람들에게는 너의 아픔을
애써 괜찮은 척 포장하더라도
나에게만큼은 그대로 열어 보여줄 수 있으면 좋겠어.

그렇게 너에게 가장 가까운 사람이 되고 싶어.
네가 마음껏 기댈 수 있는 사람이 되고 싶어.

나무가 아니다

나는 뿌리내린

그동안 잘 몰랐던 게 있다.

우울감을 해소하는 방법이 생각보다 간단하다는 것.

작은 목적을 정해서 행동하는 것에서부터 시작될 수도 있었다.

근사한 목표를 정해서 완벽하게 이루는 게

다는 아니었다는 말이다.

예를 들어, 내가 매번 지하철에서 나오던 출구가 아닌

다른 출구로 나와서 집에 가보는 것을

작은 목적으로 정한 날이었다.

집에 가는 그 시간 동안 경험해보지 못했던
골목의 분위기, 사람들의 목소리,
처음 본 나무의 향 같은 것들에
생각지도 않게 큰 위로를 받았다.

일단 긍정적인 믿음을 가지고
어떻게든 움직여야 한다는 것을 배웠다.
우울감에 지배받지 않도록 말이다.

나는 뿌리내린 나무가 아니다.
나는 언제든 움직일 수 있었다.

살아가게 하는 기억

。

예전엔 무조건 좋은 일이 생기기만을 바랐어.

나쁜 일은 죽어도 싫고 말야.

아마 다른 사람들도 나와 같은 생각을 하며 살아가겠지.

근데 그 좋은 일은 도대체 언제 생기는지 알 수가 없더라고.

자꾸 지쳐만 갔어.

그때 처음 그림 의뢰가 들어왔을 때 너무 좋았었는데.

그때 먹었던 음식, 참 내 입에 잘 맞았었는데.

그때 너와 갔던 바다가 정말 너무 예뻤었는데.

어느 순간 미래의 오지 않은 좋은 일보다

과거에 이미 좋았던 일들을 자꾸 떠올리게 되었어.

행복했던 기억들이 의외로 너무나 많더라고.

그렇게 생각을 바꾸기 시작했지.

군이 불가능한 행복을 꿈꾸는 대신에

이미 내가 가지고 있는 행복을

더 깊이 생각하고 소중하게 간직하는 게

지금 지쳐 있는 나에게 더 살아갈 힘을 주지 않을까?

행복한 기억은 누구나 하나쯤 가지고 있는 거니까

그 기억을 오래 내 마음에 품고 살아간다면 말야.

그렇게 매일 내게 주어진 하루에 집중하다 보면

어느 순간 새로운 행복도 찾아와 주겠지.

예상 밖에 맞는 좋은 일은 나를 더욱 기쁘게 만들어줄 거야.

계절 탓

○

그래, 가끔은 비를 맞아도 괜찮아.

그래, 가끔은 외로움에 부딪혀도 괜찮아.

그냥 지나가는 소나기라고 생각할래.

그냥 흘러가는 계절 탓이라고 생각할래.

사람들은 모두 각자의 향기를 지니고 있는 듯해.

그래서 나는 너를 꽃이라고 부르고 싶어.

사람이든, 봄철의 나비든, 결국 다시 자연이든

꽃의 주인은 어딘가에 반드시 존재해.

내가 지닌 향기가 마음에 들지 않아도,

그 모습이 싫증 날지라도,

누군가에게 너란 꽃은 선물 같은 존재일 거야.

일부러 애쓸 필요 없이.

그러니 네가 지닌 너만의 향기를 믿고

자신을 더 사랑할 줄 아는 그런 꽃이 되기를 바라.

충실하게 하루하루

○

소중한 사람은 자주 찾아오지 않는다.

지금 사람을 놓쳐도 다음 사람이 곧 나타난다는 말,

지금 사람보다 다음 사람이 더 좋을 수 있다는 말

모두 사랑 때문에 너무 상처받았을 때 필요한 말이다.

사랑에 빠질 때부터 상처받을 게 두려워

내 마음을 절반만 내어줘서는 안 된다.

온 마음을 다하지 않은 연애는 결국

나중에 곱씹으며 후회하게 될 수밖에 없다.

사랑도 일도 일상도

하루하루를 충실히 사는 마음으로 해야 한다.

그 하루들이 모여 앞으로의 나를 만들어가는 거니까.

내가 널 응원해

오늘 많이 힘들었지?

네가 싫어하는 날씨였잖아.

비는 계속 오고 더운데 또 습하고.

내가 내일 날씨 확인해봤는데

다행히 비도 안 오고 해가 쨍쨍할 거래.

마치 네가 웃는 모습처럼 말이야.

우리 내일 날씨 한번 믿어보자.

기운 내,

설사 예상과 달리 내일 또 힘들지라도

오늘보다 맑은 기분으로 버틸 수 있을 거야.

내 손을
틈이 생긴

누구든 가끔은 다 놓아버리고 싶어질 때가 옵니다.
일이든, 돈이든, 사랑이든, 사람이든
놓치면 안 된다는 걸 알면서도
꽉 움켜쥐고 있던 손에서 스르륵 힘을 빼고 싶을 때가 옵니다.

이때는 누군가가 건네는 일방적인 위로와
조언 같은 게 사실 필요 없습니다.
그냥 말없이 틈이 생긴 내 손을 잡아주는 사람이
곁에 있기만 하면 됩니다.

이런 사람이 나는 고맙습니다.
이런 사람이 당신이어서 더없이 많이 행복합니다.

내
곁에
항
상

매일 반복되는 내 하루 시작에 네가 있어서,

지친 내 하루 끝에 다시 네가 있어서.

나는 또 이 시간을 살아가.

네 덕분이야, 고마워.

결국 선명해질 거야

살아간다는 건 정말 어려운 일인 거 같아.

경우의 수는 왜 이렇게 많으며,
보통의 답이 맞는지 틀린지도 겪어보지 않으면 알 수 없잖아.
내 뜻대로 되는 게 별로 없는 것 같은 마음,
아마 앞으로 살아가면서 자주 막막할 거야.

하지만 앞에 놓인 길이 안개에 휩싸여 있거나
바람에 휘청거리는 날들도 많겠지만
결국 시야가 선명해지고 걸음 또한 흔들림 없는 순간이
찾아오리라는 걸 잊지 말았으면 해.
마음 시린 날들을 이겨내고 눈부시게
아름다운 날을 맞는 건 결국 우리가 될 거야.

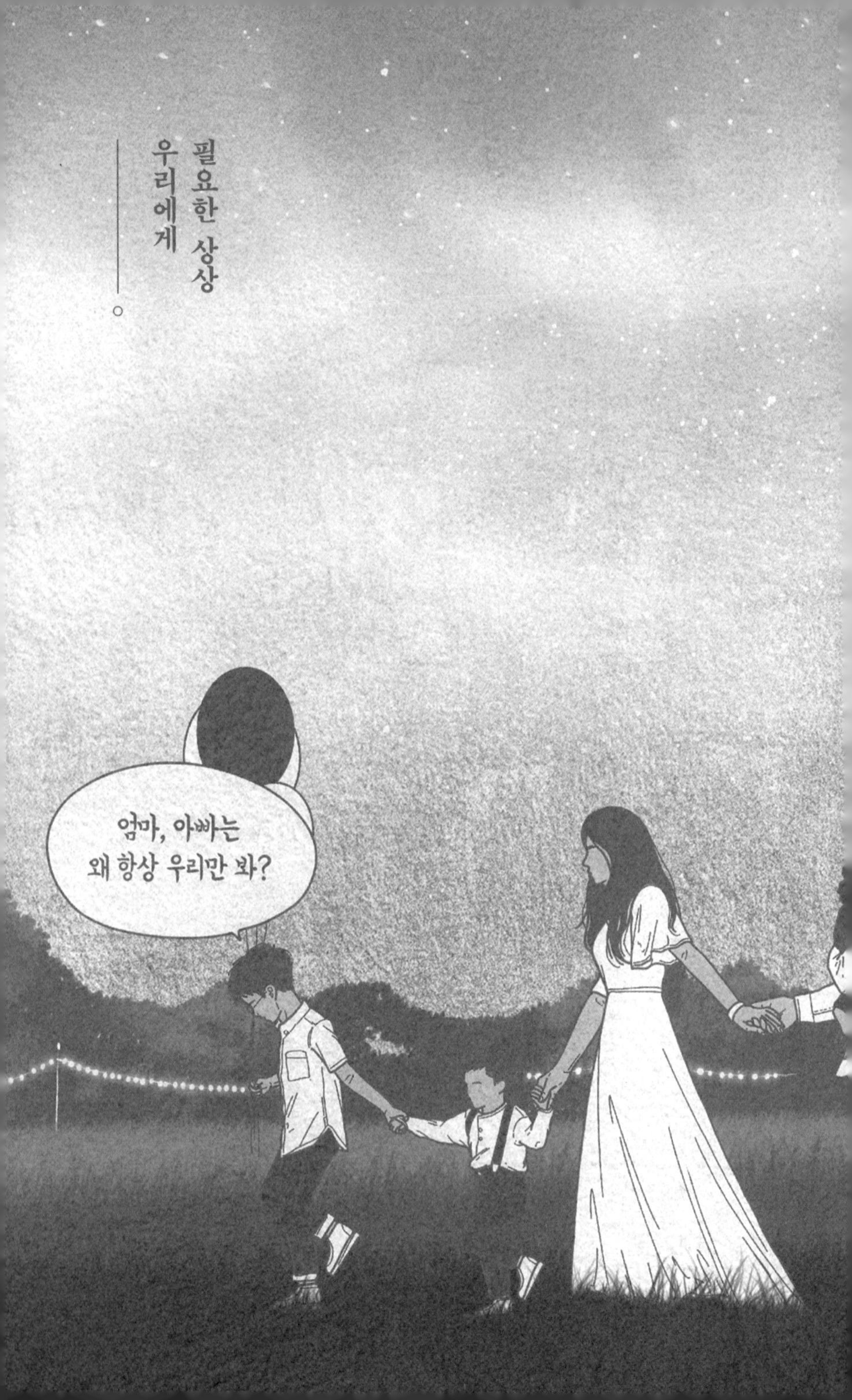

필요한 상상
우리에게
엄마, 아빠는
왜 항상 우리만 봐?

행복이 눈앞에 있으니

그저 바라볼 수밖에.

힘들 때마다

우리에게 필요한 건

행복한 앞날을 그려보는 것일지도.

시절인연

어느 날 오래전부터 알고 지낸 동생에게서 문득 연락이 왔다. 이 야기를 나누다가 형이 꼭 기억했으면 하는 말이 있다며, '시절인 연'이라는 단어를 아느냐고 내게 물었다.

내가 굳이 애쓰지 않아도 만나게 될 인연은 만나게 되고 아무리 애를 써도 만나지 못할 인연은 만나지 못한다는 말이다. 이것은 사람 간의 인연만을 뜻하는 것이 아니라 내가 가진 물건이나 일, 생각, 깨달음과의 만남도 마찬가지라고 했다.

이 말을 듣고 잠시 생각에 잠겼다. 그동안 여러 사사로운 일에 얽매여 쓸데없이 깊게 고민하고 상심하며 불안에 떨었던 내 모 습이 보였다. 나와 나를 둘러싼 것들에 대한 불확실한 마음. 아 마 나뿐 아니라 많은 사람들이 그럴 것이다.

시절인연, 이 말대로라면 더 이상 어떠한 걱정도 할 필요가 없 다. 내 곁에 영원히 머무는 것은 하나도 없으니까 말이다.

내 모습 그대로 맑고 투명하게, 깊은 진심으로 거짓 없이 내 주변 모든 것들을 사랑하고 싶다.

아무리 설익어도

과일이

이 세상에 쓸모없는 사람이 있을까?
완전한 사람이 있기는 한 걸까?

나는 완벽하지 않은 사람이다.
그리고 우리 모두 완벽하지 못하다.
이 말은 흠 자체는 잘못된 게 아니라는 뜻이 된다.
우리는 모두 존재만으로도 충분히 빛이 난다.
과일이 아무리 설익었어도
그 자체만으로도 충분히 아름다운 것처럼.

우리는 그 사실을 자꾸 잊는다.
계속 상기시키지 않으면 자신에 대한 사랑을
온전히 유지하기 어렵다.
나도, 그대도.

가장 완벽한 계획

"가장 완벽한 계획이 뭔지 알아?"
영화 〈기생충〉에서 배우 송강호의 대사를 듣고
가장 완벽한 계획이 과연 무엇일까 생각했어.
내가 생각하는 가장 완벽한 계획은
잘 짜인 계획도 아니고
영화에서 말하는 무계획도 아니야.

살아가면서 우리는 많은 시선 속에 움츠러들겠지만
그 안에서 중심을 바로잡고 서 있을 수 있어야
가장 완벽한 계획을 세울 수 있지 않을까?
세상이 뭐라 하든 상관없는
나만의 계획, 나다운 계획 말이야.

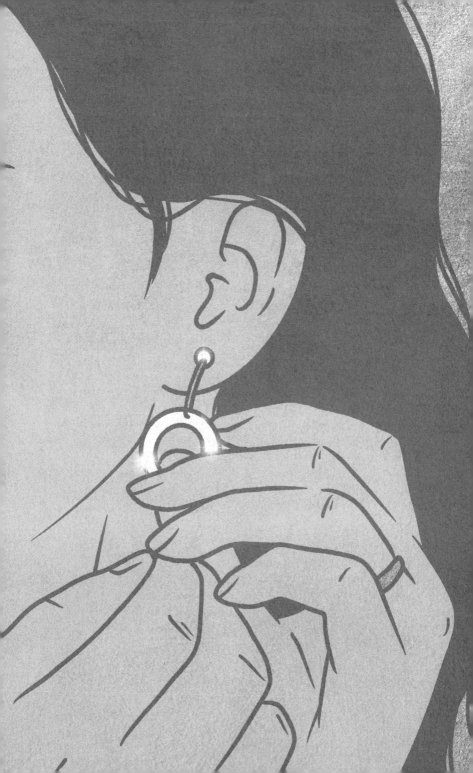

괜찮아.

진짜 괜찮다니까? 지금으로도 충분해, 너.

내 마음에 쏙 들어. 이 마음은 절대 변하지 않아.

괜한 걱정 하지 말고 지금처럼 네 생각대로 살아봐.

나는 오늘도 나 자신에게 말을 건다.

세상에서 나를 제일 깊게 알고

내가 가장 듣고 싶어 하는 위로를 해줄 사람은

다른 사람이 아니라 바로 나니까.

더 이상 멀리서 찾지 말자.

나만큼은 나를 안아주자.

앞으로는

○

내 사랑은 그것만으로도 충분히 예쁘고 멋진 사랑이었는데,

왜 남의 사랑과 비교하면서 부족한 게

많은 것처럼 아쉬워했을까.

겉으로 보여지는 게 다가 아닌데.

채워지지 않는다고 생각한 건

너의 존재가 아니라 나의 욕심이었는데.

앞으로 나와 함께할 고마운 사람에게는

그 같은 실수는 더 이상 하지 말아야지.

사랑은

할 때마다 매번 배우게 되는 것 같다.

오늘도 내일도
어제도

○

처음으로 다시 돌아간다 해도

나는 또다시 널 사랑하게 될 것 같아.

네 모습은

어제도 오늘도 내일도 여전히 똑같아.

내게 충분히 차고도 넘치는 사람.

있는 그대로 빛나는 사람.

나도 너에게 그런 사람이 되기 위해

더 많이 노력할게.

힘을 빼야
잡을 수 있는 것

　 ○

잘하려고 할수록 헷갈리는 것,

붙잡으려 할수록 자꾸 멀어지는 것,

나는 이걸 사랑이라 부른다.

어떻게 보면 사랑만이 아니라

다른 관계도 일도 삶도 모두 다 마찬가지인 것 같다.

조급한 마음을 조금 내려놓을 줄 알아야

비로소 얻게 되는 것들이 있다.

마음을 다할 때

관계에 대한 태도는
각자 다를 수 있다고 생각했다.

표현하는 방식이 다를 뿐
나도 그도 같지 않을까 합리화하며
애써 나의 어설픔을 포장하곤 했다.

그러나 지나고 보니
그의 사소한 배려들은
결코 사소한 게 아니었다.

마음을 다할 때
그건 저절로 말과 행동으로 드러나게 되어 있다.

'나중에 나도'는
늦다.

그건
오늘, 지금 이 순간
기울여야 하는 마음이다.

나를 찾는 일

난 어렸을 때 참 꿈이 많았다.

하고 싶은 게 너무 많았지만 전부 말할 수는 없었던

삼 형제 중 장남 아들.

꿈이란 것은 이미 방향과 그 수가 정해져 있는 줄 알았다.

누구한테도 말하지 못했던 내 소중한 꿈들을

깊숙이 묻고 살았다.

그런데 나이가 들어가면서 내 꿈을 지켜낸다는 게

얼마나 힘든 일인지 알았다.

성공이 뭔지, 꿈을 이뤄낸다는 게 뭔지.

그 강박에 모든 것이 지쳤었다.

결국 내 것이 아닌 나의 꿈.

그저 필요했던 건 내가 좋아하는 일들을 다시 찾는 것.

이것은 여행이었고 쉼이었다.

마냥 그림을 그리고 싶었던 어린 시절의 나를,

연필을 쥐고 시를 적고 싶었던 어린 시절의 나를,

세계적인 운동선수를 꿈꾸던 어린 시절의 나를,

마이크를 잡으며 목소리를 내고 싶었던 어린 시절의 나를

다시 뒤돌아봤다.

누군가가 만든 벽에 꿈을 가둬놓고 제한하지 않으니

안 보이던 것들이 보였다.

조금씩 돈을 모아서 아이패드를 샀다.

덕분에 온종일 그림을 그리며 보내도

마냥 행복한 나날이 이어졌다.

매주 월요일엔 아무리 피곤해도 글쓰기 모임에 나간다.

평소 배우고 싶었던 검도도 배우기 시작해

벌써 동메달을 집에 가져다 뒀다.

그리고 이젠 내 목소리를 녹음하고 들어보는 일에 익숙해졌다.

결국 불가능해 보이던 것들이 가능해졌다.

내 한계는 내가 정하는 것일지도 모른다.

채
워
지
니
까

비운
만큼

ㅇ

아무것도 하고 싶지 않은 이 시간도 괜찮다.

당분간은 새로운 사람을 만나고 싶지 않아도

바쁜 일상에 떠밀려가고 싶지 않아도

내 머릿속을 가득 채운 생각들을 내려놓고 싶어도

모두 괜찮다.

비우면 또 채우고 싶은 순간이 올 테니까.

지금 우리가
건네야 하는 말

오늘 하루는 어떻게 보내셨나요. 옆에 있는 누군가와 행복한 시간이었나요, 아니면 쓸쓸하고 가슴 아픈 시간이었나요. 저는 사랑과 관계에 대해 늘 어렵다고 생각하는 사람 중 하나예요. 잘 몰라서, 궁금해서 알고 싶은 걸까요. 모든 사랑에 대한 이야기는 매번 새롭고 또 흥미롭게 들려요. 그래서 당신이 어떤 하루를 보냈는지 궁금해졌어요. 이 글들은 매일 밤, 차가운 공기를 마시며 홀로 또는 함께 마음 따뜻했던 순간들에 대해 몰래 끄적여온 일기장 같은 것이에요. 글솜씨가 근사하진 않더라도 하나같이 다 아끼는 것들입니다. 사랑하는 것들이요.

'신기루' 이 단어는 제가 경험한 사랑과 제일 닮은 말이었어요. 잡고 싶어도 내 마음대로 잡을 수 없고 멀어지려 해도 쉽지 않은, 불가항력이라는 이유에서 말이죠. 그리고 내 생에 언젠가 꼭 개명을 하겠다는 다짐이 있었어요. 아빠의 성이 아닌 엄마의 성을 따라서요. 두 가지의 이유로 지어진 이 예명, 신기루라는 이름으로 그동안 글을 쓰고 그림을 그리며 결국 책으로 엮어 이렇게 만나기까지 12번의 계절이 지났습니다. 이 시간을 돌이켜 보니 지금에 오기까지 참 많은 일들이 있었네요. 새로운 친구와 의외의 취미들도 많이 생겼고 평소 하고 싶었던 일도 하게 됐고요. 아 참, 좋아하는 사람도 생겼어요. 길다면 길고 짧다면 짧은 시간이겠죠. 나한테도, 당신한테도.

행복한 사람이 되고 싶어서, 내가 이미 가지고 있는 행복을 더 오래 간직하고 기억하고자 했던 작은 행동들이 나를 넘어 꽤 많은 사람들에게까지 가닿는 걸 보면 아직도 새삼 신기합니다. 구태여 설명하지 않아도 내 마음을 온전히 읽어주는 분들 하나하나 또 얼마나 감사한지 몰라요. 사실 이 행동들은 저만 아는 투정 같은 것들이었어요. 사랑받고 싶다고, 그리고 사랑하고 싶다고. 어린아이 투정같이요. 아무한테도 말한 적 없는데 이곳에서는 한 번쯤 말하고 싶었어요. 끄적여온 글들을 다시 읽어보니 결국엔 다 사랑입니다. 당신은 어떤가요. 사랑하고 있나요? 또 사랑받고 있나요?

모든 것들에 사랑을 대입하면 한없이 유치해져요. 마음을 재고 따지고 평가하게 되죠. 내가 상처받을 게 두려워 사랑을 자꾸 아끼게 됩니다. 이런 갈등은 언제라도, 어디에서라도 생겨요. 가족이든, 친구든, 연인이든. 저도 그래요. 이럴 때일수록 나는 어떤 말을 듣고 싶었던 걸까 생각해보게 됐어요. 당신 곁에 있는 사람들도 이런 말을 듣고 싶어 하지 않을까요? 그리고 당신도 말이에요.

다 필요 없고 그저 내가 널 사랑한다고. 너와 함께라면 흔들리는 순간조차 사랑일 거라고.

_어느 새벽녘에 신기루를 꿈꾸며

너와 함께라면
흔들리는 순간조차
사랑이겠지

2020년 9월 26일 초판 1쇄 | 2024년 7월 12일 6쇄 발행

지은이 신기루
펴낸이 이원주, 최세현 **경영고문** 박시형

기획개발실 강소라, 김유경, 강동욱, 박인애, 류지혜, 이채은, 조아라, 최연서, 고정용, 박현조
마케팅실 양근모, 권금숙, 양봉호, 이도경 **온라인홍보팀** 신하은, 현나래, 최혜빈
디자인실 진미나, 윤민지, 정은예 **디지털콘텐츠팀** 최은정 **해외기획팀** 우정민, 배혜림
경영지원실 홍성택, 강신우, 김현우, 이윤재 **제작팀** 이진영
펴낸곳 비에이블 **출판신고** 2006년 9월 25일 제406-2006-000210호
주소 서울시 마포구 월드컵북로 396 누리꿈스퀘어 비즈니스타워 18층
전화 02-6712-9800 **팩스** 02-6712-9810 **이메일** info@smpk.kr

ⓒ 신기루(저작권자와 맺은 특약에 따라 검인을 생략합니다)
ISBN 979-11-90931-13-7 (03810)

쌤앤파커스(Sam&Parkers)는 독자 여러분의 책에 관한 아이디어와 원고 투고를 설레는 마음으로 기다리고 있습니다. 책으로 엮기를 원하는 아이디어가 있으신 분은 이메일 book@smpk.kr로 간단한 개요와 취지, 연락처 등을 보내주세요. 머뭇거리지 말고 문을 두드리세요. 길이 열립니다.